JEAN-LOUIS FOURNIER

J'irai pas en enfer

STOCK

Épi : petite touffe de cheveux qui ont une direction contraire aux autres.

LITTRÉ

Je vous dis un Notre Père et dix Je vous salue Marie et vous la faites rentrer. D'accord?

Je récite mon Notre Père, mes dix Je vous salue Marie et j'attends.

Elle ne rentre pas.

J'augmente la mise. Deux dizaines de chapelet. Je récite mes deux dizaines. Rien. Elle ne rentre pas.

Je suis en sueur. Je me retourne dans mon lit. J'ai peur.

J'augmente encore la mise. Cinq dizaines. C'est long, cinq dizaines, ça fait cinquante Je vous salue Marie. Je les récite. Elle ne rentre pas.

Maman, je veux pas que tu sois morte. Faites pas ça, mon Dieu; ou alors, tuez-moi avant.

Je suis prêt à tout pour que maman rentre. Demandez-moi ce que vous voulez.

Si elle rentre, je vous promets d'être prêtre.

Maman est rentrée.

Il a pas l'air en forme. Il a les yeux blancs levés au ciel. Il est barbouillé de sang, il est pâle comme un mort. On l'a accroché au mur sur sa croix, bien haut pour qu'il voie tout. À cette place-là, maintenant, on met les radars pour les cambrioleurs.

Dans la maison, il y a plein de Jésus. Un dans chaque pièce, on peut pas y échapper, où qu'on aille il est là. Il n'y a que dans les w-c où il n'y en a pas. Peut-être qu'à la longue, on ne les voit plus, mais ils sont là. Ils ont l'air de dire : « Regarde dans quel état tu nous as mis, nous sommes cloués sur une croix, nous avons une couronne d'épines sur la tête, nous avons un trou de lance au côté droit, nous saignons. Sais-tu pourquoi nous saignons ? À cause de toi. Nous sommes venus racheter les péchés du monde. Chaque fois que tu fais un péché, on nous enfonce un nouveau clou dans la chair. »

Que répondre à ça ?

Je baisse la tête, confus, honteux. Je suis très mal à l'aise. Je pense à mes péchés : j'ai regardé longtemps dans le décolleté de la maîtresse quand elle se penchait vers moi ; j'ai piqué un paquet de Players à mon père ; j'ai mangé une plaque de chocolat... Quand je pense que c'est à cause de ces péchés-là qu'ils sont en train de sanguinoler sur la croix. Ça me paraît un peu cher payer. Et puis surtout, je leur ai rien demandé.

Le pire, c'est qu'ils ne disent jamais rien. Ils ne se plaignent pas. J'aimerais mieux qu'ils m'engueulent. Au lieu de ça, ils me regardent de leurs bons yeux tristes avec du sang autour, l'air de dire : « On t'en veut pas, on t'aime toujours, on souffre comme une bête à cause de toi mais c'est rien, mon petit Jean-Louis, continue tes conneries, c'est nous qui payons l'addition. »

Le petit Jean-Louis frémit, il tremble. Il se sent tout petit devant le grand crucifix. Il baisse les yeux, honteux, sur ses galoches. Il ose plus regarder en l'air, le ciel.

À l'époque, chaque fois que je faisais un péché, j'entendais derrière moi un cri de douleur, je comprenais qu'on venait de lui planter un nouveau clou. Au début, ça gâche un peu le plaisir, mais après on s'habitue.

Maintenant, le cri, je l'entends même plus.

Dans ma tête, il y a pas seulement des poux, il y a aussi des bijoux.

Dans mon ventre il y a le diable. C'est bonne-maman qui le dit. C'est pas vrai. J'ai pas un fond méchant, je crois que j'ai pas de fond du tout.

Tout le monde préfère mon frère Yves-Marie. Yves-Marie, il a des longs cils, il a des cheveux qui frisent, il a pas d'épi comme moi. Il est beau, il est gentil, il est toujours content, surtout il est premier en tout, même en gym.

Les gens de la famille demandent souvent des nouvelles des études d'Yves-Marie. On demande jamais des nouvelles des études de Jean-Louis. On dit : « Jean-Louis, c'est pas pareil. »

Beaucoup de monde m'a cherché des poux dans la tête, pas beaucoup ont cherché des bijoux. Sauf maman.

Bonne-maman dit aussi que je suis un petit orgueilleux. C'est vrai. Elle dit que j'aime bien faire mon intéressant, me faire remarquer. C'est vrai. Je fais souvent mon chiqué. J'arrive pas à me faire remarquer par des choses bien, comme mon frère Yves-Marie, alors je me fais remarquer par des choses mal. Je fais des bêtises pour faire rire les autres. Pour faire rire, je suis prêt à tout. Même à faire pleurer.

Quand il mourra, Yves-Marie, il ira au ciel, parce qu'il est parfait. Il doit jamais avoir de mauvaises pensées. Moi j'en ai tout le temps. J'irai certainement en enfer, bonne-maman le dit souvent.

Maman est venue présenter ses anges. Chaque année, à Arras, le jour de la Fête-Dieu, il y avait une grande procession. Beaucoup d'élèves de Saint-Jo défilaient. Mon frère Yves-Marie et moi, on faisait souvent partie de la procession.

Un mois avant, on distribuait les rôles comme pour une pièce de théâtre. Je me souviens d'une année où maman nous a accompagnés chez une dame qui était organisatrice de la procession. Elle s'appelait madame Tierny. Elle avait un chignon gris, elle était habillée en noir, elle était très distinguée, elle riait pas beaucoup.

Cette année-là, elle cherchait un petit Jésus et des anges.

Madame Tierny s'est tout de suite intéressée à Yves-Marie, elle a vu qu'elle pourrait en faire un Jésus. On allait lui mettre une robe blanche, un agneau dans les bras et une auréole dans ses cheveux frisés.

Pendant que mon frère devenait le petit Jésus, j'aurais voulu devenir le diable.

Quand madame Tierny en a eu fini avec le petit Jésus, elle a pris conscience de ma présence. Elle m'a regardé longtemps, en silence, puis simplement elle a dit : « Avec lui, ça va être plus difficile. »

Elle m'a tripoté la tête, elle a essayé d'aplatir mon épi rebelle, puis elle a dit à maman : « Faudra lui frisotter tout ça. »

Quand elle a entendu le mot « frisotter », maman a souri. C'était comme si on lui demandait de faire des anglaises à un hérisson.

La dame a dit : « On va essayer d'en faire un ange. »

On a décidé de me mettre un bandeau doré dans les cheveux, une robe blanche avec, dans le dos, une paire d'ailes en grillage. La dame a dit à maman que, de toute façon, les gens seraient sur les trottoirs et comme je marcherais au milieu de la rue, ils ne me verraient pas de près. Yves-Marie écoutait tout ça avec sa petite gueule de Jésus.

Le jour de la procession, moi qui aimais bien faire rire les gens, j'aurais dû être content.

J'ai perdu une aile. J'ai terminé avec une seule aile dans le dos, l'autre sous le bras.

Chaque vendredi matin, il arrivait comme un ouragan, noir dans le bruissement de sa soutane, un cahier rouge à la main. Il nous faisait asseoir, ouvrait le cahier rouge et son bec, le grand corbeau.

C'était le supérieur de Saint-Joseph.

Il nous appelait par ordre alphabétique et lisait nos notes de la semaine. Jusqu'à « D », tout allait bien. Après, on passait aux « F ». Le seul « F », c'était Fournier. Le seul Fournier, c'était Jean-Louis (mon frère Yves-Marie, plus jeune, était dans la classe supérieure). Avant la lecture de mes notes, il y avait toujours un grand silence, comme avant un tremblement de terre.

Et il se déchaînait. J'étais un bon à rien. Je ne ferais jamais rien dans la vie. J'étais une honte pour mes parents, pour le collège, pour la France, pour l'humanité. Dieu devait regretter de m'avoir créé.

Des grandes crevasses s'ouvraient sous mes pieds, j'allais être englouti. J'allais rejoindre le centre de la terre, là où on brûle éternellement dans des grandes marmites tandis que des diables noirs et poilus vous piquent les fesses avec des grandes fourchettes.

Et je me mettais en boule pour amortir ma chute en enfer.

Je serrais les genoux. J'essayais de résister le plus longtemps possible. Je me trémoussais sur mon banc jusqu'au dernier moment. Mais toujours, j'étais vaincu.

C'était d'abord un bonheur, un soulagement, une délivrance, mais après c'était la honte.

Pour tout arranger, le sol de l'étude était en pente et je voyais sous mes pieds se former un lac d'où partaient des petits ruisseaux qui descendaient jusqu'à l'estrade du surveillant.

J'essayais bien, en piétinant le sol, de ralentir la descente. J'espérais que la terre qui était restée collée à mes chaussures allait faire de la boue qui empêcherait la formation de ruisseaux, comme les alluvions ralentissent le courant d'un fleuve. Mais la force du courant avait toujours le dernier mot.

Des images d'inondations tragiques me traversaient la tête. Je pensais au Mont-Saint-Michel et à la mer arrivant à la vitesse d'un cheval au galop. Je pensais aux polders de Hollande vaincus par les eaux, aux Indiens barbotant dans le Gange en crue...

Je m'en souviens encore, pourtant c'est vieux, j'avais sept ans.

Pourquoi ils nous laissaient pas sortir de la classe ou de l'étude quand on avait envie de faire pipi ?

Je leur en veux toujours, aux curés.

Pendant la période du carême, on prenait des résolutions. On cherchait une façon de faire pénitence jusqu'à Pâques.

Une année, je m'engageai à ne pas manger les bonbons qu'on allait me donner et à les mettre de côté. Le jour de Pâques, je déciderais.

J'ai eu beaucoup de peine à tenir ma résolution. Une fois, j'ai sorti un bonbon de son papier, je l'ai mis dans ma bouche, mais pas longtemps. Je l'ai remis tout collant dans le papier.

Enfin, les cloches sont rentrées de Rome. Jésus est sorti de son tombeau, maman a sorti son tailleur d'été, c'était Pâques. Ma pénitence était terminée.

J'avais maintenant un gros paquet de

bonbons. Qu'est-ce que j'allais en faire? Je les mange ou je les donne?

Les bonbons avaient un peu fondu, ceux qui n'avaient pas de papier étaient collés ensemble, c'était pas très appétissant.

J'ai décidé de les donner à un pauvre. Je pouvais bien faire ça pour Jésus, quand je pense à toutes les souffrances qu'il a endurées à cause de mes péchés.

Certainement que sur sa croix, il n'a pas eu l'occasion de manger des bonbons. Une fois qu'il avait très chaud et très soif, il a demandé à boire. On ne lui a pas donné de limonade, ni de citronnade ni d'orangeade. Un garde lui a tendu au bout de sa lance une éponge qu'on avait trempée dans du vinaigre.

Chaque fois que je mange des cornichons, je pense à Jésus.

Le cheval de madame Dufour était blanc comme le cheval d'Henri IV, sauf au bout. Sa queue était gris-jaune comme la moustache d'un fumeur, pourtant il ne fumait pas.

Le chignon que madame Dufour avait au-dessus de sa tête avait la même couleur et la même forme que la queue de son cheval.

Madame Dufour était maraîchère à Achicourt dans la banlieue d'Arras. Toutes les semaines, elle venait à la maison avec sa voiture à cheval vendre ses salsifis et toutes sortes de légumes.

Sa voiture à cheval ressemblait à la charrette des cow-boys. Elle était recouverte d'une grande bâche qui faisait comme un tunnel tout noir où elle mettait ses légumes.

Pendant que madame Dufour discutait dans la maison avec bonne-maman, le cheval, bien élevé, restait dehors, immobile. Il bougeait quelquefois la tête pour chasser les salopes de mouches rassemblées autour de ses yeux comme au bord d'un lac.

On n'avait pas le droit de monter dans la charrette parce qu'on aurait écrasé les légumes. On se contentait de caresser le gros cheval immobile.

Quelquefois, le cheval sortait d'entre ses pattes arrière un gros tuyau noir comme un tuyau d'arrosage, on regardait ça en rigolant trop fort. Il arrosait la rue, longtemps. Parfois, il soulevait sa queue et laissait tomber des boules de crottin qui se cassaient et fumaient sur le pavé. Quand le cheval était parti, on devait ramasser le crottin pour bonne-maman, elle en mettait sur ses rosiers.

Un jour, pour faire rire Yves-Marie, j'ai dit : « Pine de cheval. » Il l'a répété plusieurs fois. Bonne-maman l'a entendu, elle l'a grondé.

Moi j'étais d'accord avec bonne-maman. J'ai dit à Yves-Marie que c'était pas bien de dire ça.

C'était un péché mortel.

Je savais que j'allais être moche en sortant. Le coiffeur était un ami de papa, quand il s'occupait de ma tête, il n'en faisait qu'à sa tête.

La première chose qu'il disait en regardant mes picots, c'était : « Oh là là là là... », l'air de dire je vais essayer mais je promets rien. Il entreprenait alors de transformer mes broussailles en jardin à la française, avec une allée au milieu.

Pendant qu'il tripotait ma tête, je préférais ne pas me voir dans la glace. Je regardais tous les flacons. Je me souviens de Cuir de Russie, de la lotion L. T. Piver, du pot de Gomina, de la brillantine Roja et du bel Américain qui me souriait sur le couvercle de la boîte de Pento.

Quand il se penchait pour me couper les cheveux, le coiffeur m'écrasait avec son gros ventre et je ne pouvais pas me reculer. J'étais coincé dans le fauteuil. En plus, il m'envoyait de l'air chaud dans la figure quand il respirait. Comme le bœuf de la crèche qui réchauffait le petit Jésus en lui soufflant dessus.

Le pire, c'était la fin. Sans me demander mon avis, il m'enduisait la tête de Gomina rose et il me plaquait les cheveux. Mon épi lui donnait beaucoup de fil à retordre. Il se redressait toujours malgré la Gomina. C'était ma petite vengeance.

Quand je me regardais enfin dans la glace, j'étais accablé. Je voulais m'enfuir avec la serviette sur la tête. Lui, il ne voulait pas savoir si j'étais content, il ne pensait pas à moi qui allais sortir dans la rue avec ma tête gominée et grasse qui ferait rire tout le monde.

Je sortais dehors comme un voleur, regardant si personne me voyait. Je prenais les petites rues désertes, je longeais les murs et, arrivé à la fontaine, je me mettais les cheveux sous l'eau, je frottais fort pour faire partir la Gomina, et je rentrais tout dégoulinant à la maison. Ce qui faisait dire à bonne-maman, tiens, il pleut encore.

À la maison on avait des gros Larousse illustrés. Ils étaient lourds et pleins de pages, certaines me faisaient transpirer.

Toutes les trente pages, il y avait des reproductions de tableaux, avec des muses et des nymphes pleines de poitrines. Enfin je pouvais regarder légalement des femmes à poil, tout le monde croyait que je travaillais. Je travaillais beaucoup avec le dictionnaire. Ces pages-là sont plus abîmées que les autres.

Les femmes, nues, étaient souvent grosses, elles s'appelaient Vénus. Elles étaient souvent à la fontaine, jamais en train de faire le ménage. Pourtant, elles avaient un chiffon, mais autour de la taille. C'était pas un chiffon à poussière. C'était sans doute pour cacher l'essentiel.

Quelquefois, il y en avait une qui faisait moins de manières et qui montrait l'essentiel. Je me souviens de la Vénus anadyomène de Chassériau, et surtout d'Olympia de Manet. Toute nue sur son lit, pas gênée, elle me regardait d'un air effronté. J'ai baissé les yeux le premier. Il n'y avait pas que mon épi qui se redressait.

Je me disais que quand je serais grand, je serais peintre. Ou docteur, c'est encore mieux, on peut aussi toucher.

Tout ça, je savais bien que c'étaient des pensées impures, des péchés mortels qui pouvaient m'envoyer en enfer.

Je voudrais bien aller au paradis. Il paraît qu'au paradis, toutes les dames sont nues. J'ai vu Ève toute nue sur un tableau. Mais ça, c'est une pensée impure. Et pour aller au paradis, il ne faut jamais avoir de pensées impures.

Ma situation est cornélienne.

Dans la Piste aux étoiles de Gilles Margaritis, on voit des magiciens qui sortent plein de pigeons de leurs poches, des femmes qu'on coupe en deux et qui sourient après, des hommes qu'on enferme dans des boîtes et qui disparaissent.

Au catéchisme, on voit rien, mais on nous raconte des choses étonnantes.

Deux personnes, Dieu et Jésus, plus un pigeon, le Saint-Esprit, se transforment en une seule personne.

Un pigeon descend du ciel et la Sainte Vierge met au monde un petit Jésus sans que son mari ait rien fait.

On tue Jésus, on le met dans un tombeau, on ferme la porte, on met une très grosse pierre devant la porte. Trois jours après on ouvre, le tombeau est vide, Jésus a disparu. On regarde, il est en l'air, au ciel, bien vivant.

Et encore plus fort que du roquefort, Jésus se transforme en pain et en vin et dit aux spectateurs de le manger et de le boire.

Je suis sûr qu'il y a un truc, mais bonne-maman dit qu'il faut pas chercher le truc, que c'est un « mystère ». Si on cherche à comprendre, elle dit qu'on fait un péché d'orgueil.

À l'école, on doit essayer de tout comprendre. Pourquoi le jour se lève, pourquoi la mer monte, pourquoi le participe passé s'accorde, pourquoi la lune brille, pourquoi l'acide sulfurique fume.

Pourquoi, au catéchisme, on n'a plus le droit de chercher à comprendre ?

Un jour, bonne-maman a acheté pour ses amies les religieuses une boîte de chocolats. En attendant Noël, elle a rangé la boîte tout en haut dans l'armoire de sa chambre, à cause des souris.

À Noël, elle a sorti la boîte. Elle l'a

ouverte, pour y glisser une petite enveloppe.

Tous les chocolats avaient disparu.

À la place, dans les papillotes, il y avait des marrons tout brillants.

On a interrogé les enfants. On a juré, si je mens je vais en enfer, que ce n'était pas nous.

Bonne-maman ne comprenait pas.

J'ai dit à bonne-maman : « Tu n'as pas le droit de chercher à comprendre. C'est un mystère. »

Maman a acheté un poste de radio, un Pathé-Marconi. Il est en acajou très brillant. Le cadran est jaune. Quand on l'allume, il ouvre un œil vert tout rond qui nous regarde.

On l'a installé dans la salle à manger, sur une petite table. Dessus, il y a un napperon brodé et un pot en cuivre rouge tout bosselé.

Sur le cadran, il y a plein de noms bizarres. Je me souviens de Beromunster, Droitwich, Monte-Ceneri, Allouis... Il y a aussi Sottens, Helsinki, Budapest, Rennes, Moscou... Avec le bouton, on déplace une barrette sur le cadran et on traverse le monde entier. Quelquefois, on entend du morse qui vient des bateaux.

Un jour, on nous a prêté un tourne-disque. Avec Yves-Marie, on a voulu le brancher sur le poste. On ne savait pas très bien comment faire. On a mis les fiches dans les prises, un peu au hasard. Puis on a allumé le poste et on a mis en route le tourne-disque. On n'a rien entendu, mais très vite, il y a eu de la fumée. On a vu des flammes derrière Moscou, Budapest, Sofia, Sottens, le monde entier brûlait, c'était la fin du monde. En plus, ça sentait très mauvais.

On est allés dans la cuisine, on a rempli des casseroles d'eau et on les a versées dans le poste. Il a fallu beaucoup de casseroles pour éteindre les flammes.

Quand maman est rentrée, on n'a rien eu besoin de dire, il y avait l'odeur.

Elle est tout de suite allée dans la salle à manger, elle a vu le poste qui fumait encore un petit peu. Un poste qui était pas entièrement payé.

Quand elle a vu nos têtes, elle a pas eu le courage de nous engueuler.

Le confessionnal était biplace. Le curé était au milieu, assis dans une petite cabine en bois, avec un rideau devant. Les deux suspects se tenaient de chaque côté, à genoux. Quand il en avait fini avec un, il se retournait vers l'autre, il ouvrait un petit volet en bois et lui demandait d'avouer.

J'avouais, toujours la même chose : j'ai été gourmand, j'ai été méchant et, bien sûr, les actes impurs. Les actes impurs, il demandait combien de fois. Je ne me souvenais pas du nombre, je disais beaucoup.

Il me conseillait d'occuper mes mains à écrire, dessiner, jouer du piano, faire du sport ; pendant ce temps, je ne ferais rien de mal avec. J'allais quand même pas me lever la nuit pour jouer du piano et réveiller tout le monde, ni dormir avec des gants de boxe.

Il me disait de réciter mon chapelet en pensant aux mains de Jésus, les mains de Jésus clouées sur la croix. J'avais pris la ferme résolution de pas recommencer, de là à me clouer les mains...

Les actes impurs, ça comptait comme péché mortel. On n'a pas intérêt à mourir quand on a fait un péché mortel, parce que c'est l'enfer. En enfer, on met tous ceux qui ont fait des péchés mortels dans de grandes marmites et on les fait cuire. Pour le temps de cuisson, le minuteur est mis sur éternité.

Quand je pensais avoir commis un péché mortel, j'avais très peur de mourir avant de m'être confessé. J'allais à confesse à pied. Je n'osais pas monter sur mon vélo, je marchais à côté. Je regardais sans arrêt en l'air pour voir s'il n'y avait pas des choses qui allaient tomber du ciel. Les malheurs, ça vient toujours du ciel. C'est peut-être pour ça qu'on les appelle des tuiles.

La pénitence était toujours la même. Un *Pater* et trois *Ave*, quels que soient les péchés. Il avait dû me faire un forfait. Si j'avais tué le supérieur de Saint-Jo, je crois que j'aurais eu la même pénitence. Ensuite, il me demandait de dire mon acte de contrition et il me donnait l'absolution. « *Ego te absolvo a peccatis tuis.* »

Je quittais le confessionnal, radieux. Mon âme était redevenue blanche comme une colombe. J'avais des ailes. Je reprenais mon vélo, je roulais au milieu des voitures sans plus faire attention. Je n'avais plus peur de rien. Si je mourais, j'allais au ciel.

J'ai toujours voulu aller au ciel. Pas seulement mon âme, mon corps aussi. J'ai voulu d'abord y aller en entier. Peut-être que je voulais savoir, avant de décider de m'y installer définitivement, si c'était bien et vérifier qu'il faisait toujours bleu au-dessus des nuages.

Avec mon frère, on a décidé de fabriquer un hélicoptère. Il serait silencieux pour ne pas faire peur aux oiseaux. Il serait à pédales.

Nous avons réfléchi et discuté beaucoup.

Il serait en bois recouvert de plastique transparent pour qu'il soit léger, qu'on puisse voir le paysage.

Il aurait deux places, seulement pour nous deux.

Nous avons longtemps hésité pour le pédalier. En bas comme sur les vélos ? En haut comme sur les chaises d'infirme ? On a choisi le pédalier en bas parce qu'on était habitués au vélo et qu'il fallait garder les mains libres pour le volant de direction.

Il aurait un téléphone à ficelle pour communiquer avec le sol.

Nous avons dessiné le plan. Il ressemblait à un grand pédalo avec une hélice.

À l'école, un grand a dit que notre hélicoptère ne décollerait jamais. Nos petites jambes n'étaient pas de taille à lutter contre la pesanteur.

On l'a pas cru. La pesanteur nous faisait pas peur, on avait des gros biceps aux jambes.

Il fera une drôle de tête, le grand, quand il nous verra passer en hélicoptère au-dessus de sa tête. On lui fera des grands signes pour se moquer de lui.

Nous avons été pris par les examens

de passage. On a dû abandonner le projet.

L'hélicoptère à pédales n'a jamais décollé, il est resté sur le papier.

À Arras, il y avait une vieille dame. Elle avait facilement soixante-dix ans, elle était habillée en noir. Elle tenait une petite boutique près du marché aux chevaux, elle vendait des cachous, des roudoudous et des bâtons de réglisse. Elle discutait souvent devant sa boutique avec ses vieilles amies du temps qu'il faisait, du temps qu'il allait faire. Elle parlait aussi de ses rhumatismes parce que, suivant le temps, elle avait plus ou moins mal. Elle disait : « Je suis un baromètre vivant. »

Les vieilles dames étaient debout en cercle. Une fois, on s'est arrêtés à côté pour jouer aux billes. Leurs pieds dépassaient de leur robe, et on a vu alors entre ceux de la vieille dame une chose étrange, une petite flaque qui grandissait. Le baromètre vivant fuyait.

On n'a pas bien compris, d'abord. J'ai regardé la tête de la vieille dame, elle continuait de parler très sérieusement avec ses amies comme si de rien n'était. La flaque grandissait, ça continuait à tomber d'en haut et ça éclaboussait, ça faisait des petites gouttelettes sur ses bottines. On a alors compris que la vieille dame faisait pipi debout. Quand ça s'est arrêté, elle a dit : « Voilà une bonne chose de faite », ses amies ont hoché la tête, elles étaient d'accord.

On n'a pas osé raconter ça à bonne-maman, elle nous aurait dit que c'étaient des bêtises, que c'était pas vrai et que, de toute façon, on n'avait pas le droit de parler de ça.

Maintenant, chaque fois que je vois des vieilles dames dans la rue qui se sont arrêtées pour discuter, même bonne-maman, je peux pas m'en empêcher.

Je regarde par terre.

Il m'a fait asseoir dans un grand fauteuil puis, à petits pas, il était vieux et il avait le cœur fragile, il s'est dirigé vers une armoire vitrée remplie de disques. Il en avait au moins mille. Il en a choisi un, il l'a sorti de sa pochette, il s'est approché du tourne-disque qui attendait gueule ouverte, il a posé le disque sur le plateau, religieusement, comme on pose une hostie sur la langue d'un communiant, et il est allé s'asseoir dans l'autre fauteuil. Après quelques craquements dans le phono, le bonheur est arrivé.

Mes pieds ne touchaient déjà pas le sol à cause du fauteuil trop haut. Mais quand la musique a envahi la pièce, très rapidement les pieds du fauteuil n'ont plus touché le sol. J'étais entraîné en l'air par une bourrasque divine.

Je suis monté au ciel à violon, plus rapidement qu'avec un hélicoptère à pédales, avec Felix Mendelssohn et son *Concerto pour violon en mi mineur*.

La musique ne rentrait pas seulement en moi par les oreilles, elle entrait par tous les pores de ma peau qui frissonnait et se hérissait comme la chair des poules.

La musique me disait des choses très douces à entendre. Des choses qui n'avaient pas besoin de mots mais que je comprenais. J'avais l'impression que Monsieur Mendelssohn avait écrit ce morceau spécialement pour moi.

Le vieux monsieur écoutait les yeux fermés, un sourire sur le visage. Il avait rajeuni.

Quand le disque s'est terminé, nous sommes retombés à terre. On a entendu à nouveau les voitures qui passaient dehors.

Le paradis, c'était fini.

Il a écouté mon cœur, longtemps. C'était à la visite médicale de l'école. Je n'ai jamais beaucoup aimé qu'on écoute ou qu'on regarde ce qui se passe à l'intérieur de moi.

Ce que le docteur entendait ne devait pas beaucoup lui plaire, il faisait la grimace. Il a retiré son stéthoscope et il m'a demandé si j'étais souvent essoufflé. J'ai dit que oui, quand je courais. J'ai entendu qu'il disait à l'infirmière : « Souffle au cœur. »

Je me suis rhabillé. J'allais pouvoir dire à tout le monde que j'avais un souffle au cœur.

Un souffle au cœur, c'est très grave.

Les gens qui ont une maladie très grave,

tout le monde est gentil avec eux, ils deviennent précieux, on a peur de les perdre, on les aime plus.

Même sans souffle au cœur, maman, elle m'aimait beaucoup. Mais les autres ?

Quand j'ai annoncé la nouvelle à mes camarades, j'ai senti qu'ils étaient impressionnés. Ils ne me regardaient plus de la même façon.

Je me souviens d'un camarade qui est venu me demander si je n'avais pas peur de mourir. Je l'ai regardé avec un petit sourire et je lui ai dit : « Je m'en fous, au contraire, je serai tranquille. »

Un autre, certainement jaloux, a dit : « Fournier, il se vante, comme d'habitude. »

Avec un souffle au cœur, on peut mourir subitement. Quand on meurt subitement après avoir fait un péché mortel, on n'a pas le temps de se confesser. Il paraît qu'on peut dire un acte de contrition et que ça fait la blague, mais on n'est pas sûr à cent pour cent.

Papa, qui n'avait pas une confiance absolue dans le docteur de l'école, a voulu m'ausculter lui-même. Il l'a fait très longuement.

À la fin de l'examen, tout content, il a déclaré que j'avais pas de souffle au cœur.

J'étais bien déçu.

Sur l'enveloppe, j'ai dessiné une tête de mort avec deux tibias en croix. En dessous, en gros, j'ai écrit :

« MES DERNIÈRES VOLONTÉS »

J'ai fermé l'enveloppe et je l'ai mise bien en évidence sur la cheminée de la salle à manger. J'avais douze ans.

Bonne-maman a voulu l'enlever. Elle a dit qu'on ne devait pas rire avec ces choses-là. Moi je crois, au contraire, qu'il faut rire surtout avec ces choses-là.

Je me souviens encore de mes dernières volontés.

Je ne voulais pas que le supérieur de Saint-Jo vienne à mon enterrement. Ni le prof de math. Ni le prof d'histoire et géo. Ni les surveillants de l'étude. Enfin, tous ceux qui m'avaient puni. Ça faisait beaucoup de monde.

Je ne voulais pas de prières. Je voulais qu'on les remplace par des fleurs et de la musique.

Je voulais beaucoup de musique pendant mon enterrement. J'avais choisi les morceaux dans mes disques préférés. Je ne voulais pas de musique enregistrée, je voulais que les interprètes soient présents dans l'église Saint-Nicolas-en-Cité à Arras.

Il fallait faire venir l'orchestre philharmonique de Vienne, avec Bruno Walter pour jouer le *Requiem* de Mozart; l'orchestre de New York avec Bruno Walter (il serait déjà là pour le *Requiem*) pour jouer l'ouverture tragique de Brahms; le pianiste Wilhelm Kempff et l'orchestre de Londres dirigé par Josef Krips pour jouer le *Concerto pour piano* de Schumann; et Arturo Toscanini et le NBC Symphony Orchestra pour interpréter *L'Hymne à la joie* de la neuvième de Beethoven.

Maman a été un peu effrayée. Elle a calculé, en comptant les trois orchestres philharmoniques et les choristes, que ça faisait plus de trois cents personnes à loger.

Elle aurait été bien embêtée maman, si j'étais mort.

Un jour, j'ai été au paradis. Pas longtemps, une heure peut-être.

On croit toujours que le paradis c'est très loin, c'est pas vrai. J'avais fait seulement huit kilomètres à vélo depuis Arras pour y arriver.

C'était l'été, dans le jardin de tante Védastine, à Thélus. Un jardin de campagne, pas très grand, avec de tout, des fleurs, des légumes, des fruits qui poussaient tous ensemble. Ce sont surtout les fruits qui m'ont fait penser au paradis. Il y avait des prunes, des groseilles, des abricots brillants et colorés, à portée de la main comme des cadeaux. Je ne savais pas par où commencer.

J'ai d'abord croqué dans un abricot.

Il était tellement mûr qu'il semblait rempli de compote d'abricots toute fraîche comme un sorbet. C'était le matin, le soleil n'avait pas encore eu le temps de le réchauffer et de sécher la rosée.

Après, j'ai pris une prune violette et brillante à la peau si tendue qu'elle paraissait prête à exploser, elle m'a explosé dans la bouche.

Il n'y avait personne dans le paradis, pas de serpent, j'étais tout seul. Moi qui croyais que le paradis c'était rempli de monde comme le supermarché un samedi après-midi. Il n'y avait que des bruits, une cloche au loin, un chien qui aboie et le bourdonnement de petits insectes qui gigotent dans le soleil.

J'ai repris un abricot, puis une prune. Puis un abricot. Puis une prune. Puis plein d'autres. J'ai eu mal au ventre. Tout s'est terminé au fond du jardin, dans le cabinet en bois.

Là, assis sur une planche trouée, suspendu au-dessus d'un grand trou noir où bourdonnaient des mouches vertes, j'ai compris que le paradis ça ne durait pas l'éternité.

Quand le curé lève l'hostie vers le ciel, on doit baisser la tête. D'abord ce n'est pas poli de regarder Dieu dans les yeux, et puis Dieu éblouit, on peut devenir aveugle si on le regarde sans lunettes.

Quand le curé baisse l'hostie, tout le monde relève la tête, sauf moi. Ce jour-là, je suis resté la tête penchée, recueilli.

En vrai, j'avais mon bouquin d'histoire et géo caché sur le banc et j'en profitais pour apprendre ma leçon. Un curé qui me connaissait bien est arrivé par-derrière. Il s'est baissé, a pris mon livre, il est parti avec.

J'ai relevé la tête et je crois avoir vu, à ce moment-là, le grand Jésus en marbre me faire un clin d'œil, l'air de dire t'en fais pas.

Si Jésus n'est pas toujours d'accord avec les curés, ça change tout. Moi qui suis la victime des curés, je vais enfin avoir un allié de poids. Jésus, c'est quand même le patron. Les curés se servent de lui pour nous faire peur, peut-être qu'il en a marre de passer pour un gendarme.

Dieu, je crois pas qu'il soit très marrant. Jésus, c'est pas pareil. Il est plus jeune, il a moins de responsabilités, et puis il a une bonne tête, il fait artiste avec ses cheveux longs. Si on le voit jamais rire sur les images, c'est certainement que Dieu l'oblige à prendre un air sérieux pour les photos. Je suis sûr qu'il aime rire et faire des blagues avec ses douze copains.

J'ai regardé à nouveau la tête du Jésus et je lui ai rendu son clin d'œil.

Il est resté de marbre.

De l'autre côté de la rue, au même étage que les fenêtres de la classe, il y avait la fenêtre de la salle de bains du dentiste. Moi j'étais au fond de la classe, près de la fenêtre, et je pouvais facilement regarder dehors.

La fenêtre de la salle de bains du dentiste avait des vitres en verre marguerite, qui brouillaient tout et empêchaient de bien voir à l'intérieur. Je voyais seulement des formes qui bougeaient. Je reconnaissais quand même, à la couleur du peignoir, si c'était le dentiste ou sa femme.

La femme du dentiste avait un peignoir rouge et elle faisait sa toilette plus tard, pendant le cours de latin, pendant que *civis* au génitif pluriel faisait *civium* et non pas *civum*. J'étais très ému quand la tache rouge devenait blanche, je respirais plus fort, j'étais comme essoufflé. Les noms parisyllabiques pouvaient alors faire tout ce qu'ils voulaient au génitif pluriel.

Je connaissais la femme du dentiste, je la croisais quelquefois dans la rue. Elle était très brune, très élégante, très belle. Il suffisait que je colle le souvenir de la tache blanche en dessous de sa tête, et je la voyais toute nue qui marchait dans la rue, comme dans un tableau de Delvaux. Ça me remuait à l'intérieur.

Un jour la tache blanche s'est avancée vers la fenêtre et l'a ouverte. Elle avait une barbe, la tache blanche.

Le dentiste avait aussi un peignoir rouge.

Dans l'église de Saint-Nicolas-en-Cité, il y avait deux orgues. Les grandes orgues, haut perchées derrière la tribune et, à côté du chœur, des orgues plus petites. Le jeudi, j'allais à l'église, quand elle était vide. Je mettais en route les petites orgues, je m'installais au clavier, et je jouais.

Je ne savais pas bien jouer. Je faisais des sortes d'improvisations avec des airs que je connaissais. Il y avait bien sûr la *Toccata en ré mineur* de Jean-Sébastien Bach, la *Symphonie inachevée* de Schubert...

Même quand on ne sait pas jouer, l'orgue ça fait de l'effet, plus que le piano : une note de piano, ça retombe vite, tandis qu'à l'orgue, grâce à l'électricité, la note continue tant qu'on appuie sur le clavier ou le pédalier. Le pédalier, c'était plus dur pour moi. J'avais du mal à l'atteindre avec mes petites jambes.

Ce qu'il y a de bien sur l'orgue, c'est qu'on a des tirettes, comme sur les tableaux de bord des autos. Mais au lieu que ce soit écrit « D » comme démarreur ou « S » comme starter, c'est écrit « Flûte » ou « Hautbois ». Il y avait aussi une tirette où c'était marqué « Voix célestes ». Quand on tirait dessus, on entendait les anges.

J'aimais bien mettre le grand jeu. Ça résonnait comme le tonnerre. J'imaginais l'église pleine de monde, je pensais aux gens qui écoutaient et qui étaient transportés au ciel. Ils devaient se dire : « Ce Jean-Louis Fournier, quel grand artiste ! », et Jean-Sébastien Bach et Beethoven m'écoutaient aussi, en connaisseurs.

Je me souviens qu'un jour, après une improvisation que je venais de faire à l'orgue sur sa *Sonate au clair de lune*, Beethoven est venu s'asseoir à côté de moi. Il a mis sa main sur mon épaule et m'a dit : « Tu n'as plus besoin de moi, petit. Maintenant tu devrais composer toi-même. » Je me suis retourné vers lui pour voir s'il ne se moquait pas de moi. Pas du tout. Il avait l'air au contraire très ému.

Une autre fois, c'est Schubert qui est venu, après une improvisation magistrale que j'avais faite sur sa *Symphonie inachevée*. Il avait l'air très timide, il parlait très doucement. J'ai réussi à comprendre qu'il me demandait de terminer sa symphonie inachevée.

J'ai refusé. Ça n'aurait pas été raisonnable, dans deux mois j'entrais en sixième.

Luis Mariano est beau. Je suis au cinéma, tout près de l'écran. La tête de Luis Mariano fait plus d'un mètre. Ses yeux brillent, ses cheveux brillent, ses dents brillent. Il resplendit comme un lustre.

Moi je suis devant, tout petit, et je ne brille pas. Ma tête ressemble à un marron avec des picots, mes dents sont de traviole, et Carmen Sevilla, qui vient d'arriver sur l'écran, ne me regarde pas, elle en a rien à foutre de moi, il y en a que pour Luis. Dommage, elle risque un jour de passer à côté d'un type bien.

Et tandis que *La Belle de Cadix* se déroule, que Luis caracole sur son beau cheval blanc, qu'il embrasse Carmen sur la bouche, je prends conscience de l'injustice. Il y en a qui ont tout, la beauté, l'amour, l'argent, et moi je n'ai rien, je suis un pauvre petit mioche. La seule chose que j'ai, c'est que je suis peut-être meilleur que lui en gym.

Je saute un mètre dix en ciseaux.

Tiens ta bougie droite. Difficile de pas bouger quand on tient un cierge de plusieurs kilos d'une seule main. J'avais des crampes dans les bras.

C'était à la cathédrale d'Arras. La cathédrale était parfumée à l'encens et au lys, il y en avait des grands bouquets partout. Ce jour-là, j'étais bien énervé, j'avais mal dormi. C'était un grand jour : j'allais faire ma communion solennelle et j'avais ma première montre.

Bonne-maman l'avait achetée par correspondance au Comptoir d'horlogerie du Doubs.

Elle était phosphorescente. Elle avait une trotteuse qui marquait les secondes, je ne pouvais pas m'empêcher de la regarder. Elle tournait toujours mais on pouvait l'arrêter quand on voulait avec un petit bouton sur le côté, pour chronométrer.

À 9 h 37, on a chanté « Le voici l'agneau si doux, le vrai pain des anges... ».

À 9 h 43, le supérieur a fait un sermon. Ensuite, il y a eu le renouvellement des vœux du baptême.

À 10 h 03, j'ai renoncé à Satan, à ses œuvres et à ses pompes. Ça a duré trente et une secondes.

On ne m'a jamais expliqué ce que ça voulait dire, les pompes de Satan. Le jour où Satan est arrivé et qu'il m'a fait miroiter ses pompes, j'ai pensé que j'avais renoncé un peu à la légère. On ne m'avait pas donné le choix. De toute façon, pour pas aller en enfer j'étais prêt à tout.

À 10 h 21, on s'est agenouillés pour la communion.

Quand on est revenus à nos chaises, il était 10 h 21, encore.

Ma montre s'était arrêtée.

Je l'ai secouée plusieurs fois, elle m'a accordé quelques secondes supplémentaires, puis elle s'est arrêtée.

Définitivement.

Je me suis levé de mon pupitre et j'ai traversé toute l'étude. Je me suis dirigé vers le bureau du surveillant. Le surveillant, plongé dans son bréviaire, ne m'a pas vu arriver. Je me suis avancé très près, je lui ai parlé sous le nez : « M'sieur l'abbé, est-ce que je peux vous demander quelque chose ? »

Il relève la tête. Il me voit. J'ai collé des yeux sur mes lunettes. Des yeux en papier découpé. Je ressemble à un hibou avec mes grands yeux ronds et mes picots sur la tête. Il mord ses lèvres pour ne pas rire.

« Quand le sujet est un neutre pluriel, est-ce qu'on est obligé de mettre le verbe au singulier ? »

Il a de la peine à garder son sérieux. Il

fait semblant de ne rien avoir remarqué mais il ne peut s'empêcher de regarder mes grands yeux en papier. « Évidemment. Vous connaissez l'exemple : *Ta zoa trekei*. Repartez à votre place. »

J'insiste, consciencieux : « Merci, m'sieur l'abbé, mais je voulais savoir si c'était facultatif parce que, regardez (je lui montre une page de mon livre de grec), dans ma version il y a une phrase avec un sujet neutre pluriel et le verbe au pluriel. »

Il veut garder son sérieux, il s'absorbe dans la lecture du texte grec, puis sans me regarder, entre ses dents, tout bas, il me dit : « Retirez ça.

— Retirer quoi, monsieur l'abbé ?

— Retirez ça et vite.

— Vous voulez que je retire mes yeux, monsieur l'abbé ? » Je tourne ma face de hibou vers les élèves qui hurlent de rire : « Il veut que je retire mes yeux. »

L'abbé m'arrache les lunettes. Je pousse un cri de douleur, comme si on m'avait arraché les yeux. Mes lunettes tombent par terre.

Je mets mes mains sur mon visage et, tel Œdipe, titubant et déclamant des vers de Sophocle, je regagne ma place.

Chaque mois, maman nous donnait de l'argent de poche. On avait cent francs et une plaque de chocolat. Mes frères mangeaient leur chocolat tout de suite, moi j'attendais la fin du mois. Le 30 ou le 31, je me faisais une mousse au chocolat. Je la mangeais dans la casserole, devant mes frères. Un jour, ils m'ont poursuivi, j'ai dû finir ma mousse au chocolat dans la rue.

Plus tard, quand on a été plus grands, maman a supprimé la plaque de chocolat et a augmenté la somme d'argent. J'avais de quoi acheter une chemise ou un disque.

J'allais voir la chemise, je demandais à l'essayer. Souvent c'était impossible à cause de toutes les épingles, alors je m'imaginais avec. Est-ce que j'allais être beau ? Est-ce qu'on allait me regarder ?

Pour le disque c'était pareil. Je demandais à l'essayer. Je le réécoutais plusieurs fois. Je me souviens du *Quatrième concerto pour piano* de Beethoven. La pianiste s'appelait Guiomar Novaes. Cette fois-là, j'ai choisi le disque à cause de l'andante. Je l'entends encore, il ressemble à une séance de dressage. L'orchestre commence, en colère et menaçant, comme un lion qui va attaquer, puis le piano arrive et, petit à petit, il calme l'orchestre. À la fin, l'orchestre est doux, il se couche sous le piano, apprivoisé.

Quand j'écoutais ce mouvement, j'avais la chair de poule. La chair de poule, c'était un grand frisson qui me parcourait tout le corps, je ne bougeais plus, j'étais bien, j'aurais voulu que ça ne s'arrête jamais. Je ne pensais plus à la chemise. Je ne me demandais plus si j'étais beau, tout devenait beau.

Un jour j'ai pu m'acheter en même temps une chemise et un disque.

C'était moins bien.

On était dans le même confessionnal. Le curé a commencé par bonne-maman. Ça a duré très longtemps avant que ce soit mon tour. Je l'entendais parler, mais je ne comprenais pas ce qu'elle disait. Qu'est-ce que bonne-maman peut bien raconter au curé quand elle va à confesse ?

Elle fume pas dans les w-c, elle vole pas des bonbons, elle a pas de pensées impures. Elle fait pas de péchés, bonne-maman. Tout le monde dit que c'est une sainte femme.

Peut-être que bonne-maman va à confesse seulement pour faire la causette avec Monsieur le curé ? Ou alors, on ne la connaît pas bien. Peut-être qu'elle a une double vie.

Peut-être que la nuit, elle fait bandit. Quand tout le monde dort, elle met un blouson de cuir, une cagoule pour qu'on la reconnaisse pas, et elle part avec la moto de papa braquer des banques. Elle est armée et quelquefois elle tire, souvent en l'air mais pas toujours. Hier elle a tué un gardien, c'est pour ça qu'elle se confesse. Elle est en train de raconter ça au curé qui lui dit c'est pas bien ce que vous avez fait là madame Delcourt.

Bonne-maman lui dit que l'argent qu'elle vole, ce n'est pas pour elle, c'est pour ses petits-enfants, pour payer leur pension à Saint-Joseph. Sinon ils vont devoir aller au lycée. Au lycée il y a des professeurs qui sont communistes. Ses petits-enfants deviendront athées. Plus tard ils feront gangsters et ils iront en enfer.

Alors le curé lui a donné l'absolution.

Quelquefois j'allais à l'église avec ma carabine. C'était une 9 millimètres à plombs.

Des gros pigeons nichaient dans les chapiteaux des colonnes de l'église Saint-Nicolas-en-Cité. Ils faisaient des saletés par terre toute la journée. Le dimanche, les gens qui venaient à la messe avaient peur de salir leurs beaux souliers brillants et surtout de glisser et de tomber dans les crottes de pigeon.

Le curé avait peur qu'un jour ils ne veuillent plus venir à la messe à cause des crottes. Il ne pouvait pas empêcher les pigeons de chier, c'est leur violon d'Ingres.

Il m'a demandé de les tuer.

L'église était à côté de la préfecture, il y avait des agents de police devant. Il fallait faire attention quand on tirait, ça faisait beaucoup de bruit, ça résonnait dans les grandes voûtes en pierre du parvis.

Une fois le coup tiré, je regardais même pas si j'avais tué le pigeon. Je rentrais dans l'église à toute vitesse, je m'installais sur une chaise, je me mettais la tête dans les mains comme si je demandais pardon et je faisais semblant de prier.

J'avais un peu l'impression d'avoir tué le Saint-Esprit.

Un jour j'ai été au ciel. C'était à Arras, à la salle des concerts. J'étais seul avec maman. Elle m'avait emmené entendre Alfred Cortot jouer du Chopin.

Je me souviens très bien d'Alfred Cortot. C'était un grand monsieur mince, tremblant, à longs cheveux gris. Il était très vieux, il avait l'air déjà un peu mort. Je me souviens de ses doigts, très longs, tout blancs, presque transparents, un peu tordus, on aurait dit des salsifis.

Au début, je me suis embêté. Je regardais les gens. Je suis sûr qu'il y en avait qui faisaient semblant de pas s'ennuyer. Et puis, il y a eu un morceau, c'était le *Nocturne numéro 2*, opus 27, et là c'est arrivé.

La chair de poule.

Ça a duré longtemps. Je ne regardais plus les gens. Je regardais les salsifis qui couraient sur le piano, je pensais à ce pauvre Chopin qui, pendant qu'il crachait ses poumons, était capable de s'occuper de nous et de nous donner tant de bonheur, et à ce vieux monsieur fragile qui, à cette heure-là, aurait certainement été mieux dans son lit, et qui se donnait du mal pour nous faire plaisir. J'avais envie de pleurer. J'aurais aimé leur dire merci à tous les deux. À la fin du morceau, j'ai applaudi très fort et très longtemps.

J'espère que Chopin m'a entendu.

Moi qui n'aimais pas beaucoup les salsifis, surtout quand bonne-maman les faisait à la sauce blanche, ce soir-là, à cause d'Alfred Cortot, je me suis mis à les aimer.

J'avais deux tontons, tonton Maurice et tonton Roger. Ils avaient tous les deux une moustache, mais ils étaient pas pareils. Tonton Roger était gai. Tonton Maurice était triste.

On allait quelquefois en vacances chez tante Gaby et tonton Maurice. Un jour que j'étais en séjour chez eux, on m'a demandé d'aller à la gare chercher leur fille, ma cousine Françoise. Elle avait le même âge que moi, je l'aimais bien parce que c'était une fille et qu'elle était charmante.

En revenant de la gare, on a vu au loin, tout au bout de la rue, un attroupement de gens. En s'approchant, on s'est aperçus que les gens étaient devant la maison de tonton. Ils étaient silencieux, ils avaient une drôle de tête, ils ont regardé ma cousine avec un air triste sans rien dire. Une voisine s'est précipitée, elle l'a embrassée longtemps, plus longtemps que d'habitude, puis elle l'a prise par la main et l'a emmenée chez elle. Moi je suis rentré dans la maison de tonton.

Il y avait beaucoup de monde autour du divan. Ma tante, qui pleurait, m'a pris dans ses bras et m'a serré très fort. Elle me secouait en répétant : « Pourquoi il a fait ça ? Pourquoi il a fait ça ? »

Tonton Maurice était allongé sur le divan du salon. Il avait une grande bande autour de la tête, il avait l'air d'un œuf de Pâques. Tante Gaby le grondait : « T'avais pas le droit de faire ça Maurice, c'est pas bien, pourquoi t'as fait ça Maurice ? »

Tonton Maurice répondait pas. Il était mort. Il s'était tiré une balle de revolver dans la tête.

Pourquoi il a fait ça, tonton Maurice ?

Il avait une phlébite, c'est un caillot de sang qui est dans une veine. Si on bouge, le caillot monte dans le cœur et on meurt.

Cette idée-là, il n'a pas pu la supporter. Il s'est tué parce qu'il avait peur de mourir.

Le pire, quand on se suicide, c'est qu'on va en enfer tout droit. Pour tonton Maurice, c'est pas sûr. Le curé a dit qu'il avait dû se tuer dans un moment de folie. Tante Gaby et surtout bonne-maman ont été bien rassurées.

Malgré le suicide, le curé a accepté de dire une messe d'enterrement. Il a fait très beau ce jour-là. Tout le monde était en noir, sauf les fleurs. Il y en avait plein le cimetière.

Tonton Maurice qui était toujours triste, peut-être que maintenant il n'est plus triste.

J'ai une hostie collée au palais. Je n'ose pas bouger la langue, je n'ose pas remuer les mâchoires, parce que si je mords dedans, il paraît que ça va saigner. Je ne peux pas me servir de mon doigt pour la décoller, c'est interdit, c'est un péché mortel.

Qu'est-ce qu'il faut faire ? Attendre que Jésus fonde ou se décolle. Mais si Jésus ne fond pas et ne se décolle pas ? Je ne vais plus pouvoir respirer, je vais étouffer, je vais mourir.

Je suis sûr d'aller au paradis, avec Jésus dans le bec. Quand j'arriverai là-haut, il suffira que j'ouvre la bouche, on me laissera tout de suite entrer.

Je n'ai pas envie de mourir maintenant. Ça ferait beaucoup de chagrin à maman.

Si Jésus est toujours là, je ne vais pas pouvoir manger à midi. C'est pas de chance, justement c'est dimanche et il y a du poulet. Si je toussais ? Il va peut-être se décoller ? J'ai le droit, si je le fais pas exprès.

Si j'éternue aussi. Il suffit que je me mette une allumette dans le nez et que je chatouille tout au fond, ça me fera éternuer. J'ai ouvert mon mouchoir devant ma bouche. J'ai pris une allumette, j'ai chatouillé tout au fond. Atchoum.

Au milieu des postillons, j'ai vu passer un petit morceau blanc. Certainement un petit morceau de Jésus. J'ai refermé soigneusement le mouchoir et je l'ai rangé dans un tiroir de ma chambre.

Un jour il a disparu.

Maman l'avait mis dans la machine à laver.

La Vierge était en plâtre peint, du rouge sur les lèvres, du rose sur les joues, des roses sur les pieds et du rouge sur les doigts de pied et du bleu sur son manteau. Pimpante.

Près de la cour de récréation, il y avait un petit jardin avec un sautoir, et une grotte avec une Sainte Vierge dedans.

La Sainte Vierge était à trois mètres du sol. Elle me regardait de haut (je mesurais un mètre cinquante à l'époque).

Un jour, j'ai entrepris l'ascension de la grotte. Je me suis retrouvé à côté de la Vierge. Elle n'était pas beaucoup plus grande que moi. Je décidai de la descendre.

J'étais embarrassé, je ne savais pas par où la prendre. Finalement, je l'ai prise par la taille et je l'ai soulevée. Elle n'était pas lourde, elle était creuse.

Je l'ai sortie de la grotte. Je l'ai descendue avec précaution, comme les sauveteurs en montagne descendent les blessés. J'ai failli tomber plusieurs fois et lâcher la statue. Un vrai miracle qu'elle arrive en bas, entière.

Je l'ai posée par terre. Quelques élèves sont venus faire cercle autour de nous. Ils nous regardaient, amusés. J'avais mis négligemment ma main sur l'épaule de la Vierge, comme si je posais pour une photo. En même temps, ils avaient peur. J'étais quand même en train de commettre un sacrilège.

J'ai demandé à quelques camarades de faire un rempart devant moi. J'ai fait riper la Vierge pour l'avancer jusqu'à la cour de récréation.

Le long du mur de la cour, s'alignaient les portes des w-c.

Je me suis engouffré avec ma statue dans le premier w-c et j'ai refermé rapidement la porte. J'ai placé la Vierge sur le trou, bien au milieu. C'étaient des w-c à la turque. Je suis sorti et j'ai attendu.

Un petit est arrivé. Il a ouvert la porte, il a vu la Vierge. Il s'est sauvé en hurlant. La porte est restée ouverte.

Tout le monde est accouru pour regarder. Ce fut la stupeur. Pas de rires, seulement un grand silence.

La Vierge trônait sous la chasse d'eau. Le gros tuyau de plomb qui montait semblait sortir de ses mains jointes.

Le prêtre qui surveillait la cour est arrivé, il a découvert l'horreur. Il avait les larmes aux yeux. Qui avait fait ça ? Ça ne pouvait être que le diable. Les élèves qui m'avaient aidé à me cacher entouraient le surveillant avec des mines attristées de faux culs.

Le jour même, la Sainte Vierge fut reconduite en procession à sa grotte avec des cantiques, de l'encens et beaucoup de fleurs blanches, très parfumées.

Tous les crucifix sont vides. Je m'aperçois que tous les Christ se sont sauvés. Il ne reste que la croix. J'ai peur.

J'arrive à la porte du salon, des centaines de Christ m'attendent les bras en l'air, torse nu, je n'ose pas rentrer pour ne pas les écraser. Je fais un pas en arrière, alors tous ensemble ils sautent sur moi avec des couinements de rats.

Un peu plus tard, je suis allongé par terre, recouvert entièrement de petits Christ hargneux. Ils me mordent avec leurs petits crocs. Ils me donnent des coups de tête et, comme ils ont leurs couronnes d'épines, ils me mettent en sang. Ils boivent goulûment mon sang, je suis de plus en plus affaibli, je ne peux plus bouger, je n'ai même plus la force de les chasser, je les laisse me dépecer. Certains sont rentrés à l'intérieur, ils rongent mon squelette, d'autres sont occupés à m'arracher le cœur, ils essaient de le sortir de ma cage thoracique.

Je me réveille brutalement en criant. Je regarde tout de suite au-dessus de mon lit.

Je n'ai rien à craindre. Le Christ est toujours sur son crucifix, solidement cloué sur la croix, peinard. Il ne ferait pas de mal à une mouche.

Le professeur de français s'appelait l'abbé Rivaux. Il nous faisait chaque semaine choisir un poème. On se mettait au bureau à la place du professeur et on devait l'expliquer à toute la classe.

Une fois, au lieu de choisir un poème, j'en ai écrit un. Mais je n'ai pas dit qu'il était de moi. J'ai dit que l'auteur était un « anonyme du XXe siècle ». Je ne mentais pas, j'étais un anonyme du XXe siècle.

Je me souviens encore de mon poème, une histoire d'abeille.

Une abeille blonde, qui faisait la ronde,
Vit un lys blanc dansant dans le vent,
Elle quitta la ronde et puis toute blonde,
Sur le lys blanc dansant dans le vent,
Elle mit un baiser, un baiser doré.

J'ai lu le poème à toute la classe et puis j'ai fait une explication de texte. Quand j'ai eu fini, le professeur m'a fait remarquer qu'il y avait beaucoup de choses que je n'avais pas vues dans le texte. Par exemple, que l'auteur avait mis beaucoup de dentales dans les premiers vers pour créer un rythme... J'ai failli lui dire ça m'étonnerait bien, c'est moi qui l'ai écrit. J'ai rien dit.

Après, j'ai compris qu'il n'avait pas forcément eu tort. Quand on écrit, certainement qu'on met des choses à soi sans s'en rendre compte. L'écrivain André Gide appelle ça « la part de Dieu ».

Il est malin, Dieu, il sait se placer, il est partout. Peut-être pour les droits d'auteur ?

J'aimais bien fermer les volets. Chaque après-midi, à Arras, à cause de moi, un couple de retraités se retrouvait dans le noir.

Leur maison se trouvait sur le chemin de l'école, rue de Paris. Elle était petite et basse et elle avait sur la rue quatre volets en bois.

Chaque jour, quand je rentrais de l'école, c'était un rite. Je fermais leurs volets. C'était très vite fait et ça me faisait toujours rire. Je les imaginais tous les deux, lui lisant, elle cousant, brutalement plongés dans l'obscurité, lui se levant en soupirant pour aller rouvrir les volets.

Je continuais ma route dignement, sans me retourner, et chaque fois j'entendais dans mon dos le propriétaire de la maison qui sortait, furieux. Il me traitait de grand imbécile et il ouvrait ses volets.

J'ai fait ça pendant un an.

Un jour, à l'occasion d'un spectacle de mime que nous avions organisé avec les scouts, j'ai vu dans l'assistance le monsieur des volets. Il m'a reconnu, il est venu me voir. Il avait un bon sourire. L'air ému, il m'a dit : « On ne vous voit plus. »

Il a dit ça comme s'il le regrettait. Peut-être que le grand imbécile lui manquait.

Je me sauvais souvent de Saint-Jo par la fenêtre. J'allais me promener rue Saint-Aubert. Un jour, je suis tombé sur une exposition de tableaux.

Les tableaux étaient alignés le long du trottoir dans des gros cadres en plastique doré : des biches qui vomissaient dans des étangs, des chiens policiers peints sur velours à qui il ne manquait que la parole, des petits chats dans une corbeille, jouant avec une pelote de laine, des pierrots pleurant leur chandelle...

Je lui ai demandé si c'était lui qui avait fait ça. Il m'a répondu fièrement que c'était lui. Il m'a dit qu'il était artiste peintre.

Je ne connaissais pas bien la peinture.

J'avais entrevu quelques tableaux au musée, mais surtout j'avais dans ma chambre des reproductions sur carte postale de Rembrandt, Watteau, Monet, Turner. Je sentais confusément que la peinture, c'était quelque chose de mystérieux qui vous emmenait ailleurs, dans un autre monde.

Les tableaux que j'avais sous les yeux ne m'emmenaient nulle part. Ce ne devait pas être de la peinture.

Je lui ai dit que je trouvais tous ses tableaux très moches.

Il m'a traité de petit con. Je l'ai traité de gros con. Il a voulu m'attraper, j'ai détalé comme un lapin. Il m'a poursuivi, j'ai réussi à le semer.

Il courait vite, l'artiste peintre. Pour lui échapper, j'ai pris des risques. J'ai traversé la rue sans regarder, j'ai failli me faire écraser par une voiture, j'aurais pu mourir.

Je m'en foutais, je suis sûr que Rembrandt, Watteau, Monet, Turner seraient venus à mon enterrement.

La Sainte Vierge me bat froid. Je lui ai pourtant récité des centaines de Je vous salue Marie depuis son séjour dans les w-c de Saint-Jo.

On m'avait appris que la Sainte Vierge était très belle et pleine de grâce. Pourquoi l'avoir représentée aussi mal? Elle devait pas être contente de sa statue, je suis sûr qu'elle devait en vouloir au sculpteur.

Si j'ai mis la Sainte Vierge dans les chiottes, c'était pas seulement pour faire rigoler. J'avais une bonne raison. Je trouvais la statue moche. Elle avait l'air bête, avec ses yeux levés au ciel. Elle était trop maquillée. Elle était un peu vulgaire.

Je me demande si la Sainte Vierge a été sensible à la délicatesse de mon geste...

Un curé m'a dit que c'était comme si j'avais mis ma mère dans les w-c. C'est pas vrai. C'est comme si j'avais jeté dans les w-c une photo loupée de ma mère.

Maman a compris. Elle a ri, mais pas bonne-maman. Les curés n'ont rien compris. Ils m'ont puni. Pourtant je n'ai jamais avoué. J'ai dû être dénoncé par des camarades qui voulaient se mettre bien avec les curés.

C'était pas moi qu'il fallait punir. C'était celui qui avait fait la statue. Ça ne méritait pas qu'on en parle à l'évêché, qu'on parle d'excommunication, et qu'on me vire de Saint-Jo.

Elles n'ont qu'à être belles, les statues de la Sainte Vierge. La *Pietà* de Michel-Ange, on n'a pas envie de la mettre dans les w-c.

Elle s'appelait Margaret comme la princesse. C'était ma correspondante anglaise. Elle avait quatorze ans, elle était brune et très belle. Je regardais souvent la photo qu'elle m'avait envoyée, je la gardais dans mon portefeuille.

Elle m'avait demandé plusieurs fois de lui envoyer ma photo. Je n'osais pas.

Je n'avais pas de très belle photo de moi, alors j'attendais.

Elle a insisté.

Je me suis fait prendre en photo à la maison par mon frère. J'ai mis une chemise blanche dont j'ai relevé le col derrière. À la place de la cravate, pour faire romantique, j'ai mis une lavallière, un petit foulard noir que j'avais noué comme je l'avais vu sur les portraits de Chateaubriand, Berlioz ou Byron son compatriote. J'ai mis mon costume du dimanche bleu marine et du Pento sur mes cheveux. J'ai pris des poses avantageuses.

J'ai choisi la meilleure photo. Je lui ai envoyée en Angleterre, dans une enveloppe en carton sur laquelle j'avais inscrit : « Ne pas plier. »

Elle ne m'a plus jamais écrit.

Pendant les vacances, on me confiait le porte-monnaie et un grand sac. Le mercredi, c'était moi qui allais faire le marché.

J'aimais bien aller au marché. J'étais fasciné par les camelots. Je restais des heures à les regarder faire de la dentelle avec des légumes, des beignets en forme de fleurs, avec des instruments magiques qu'ils ne vendaient pas cher du tout. Ils racontaient des histoires drôles, ils faisaient des plaisanteries, toujours les mêmes ; ils disaient « ma petite fille » à des vieilles dames qui étaient ravies.

Ils me faisaient rire. Bien plus que les comédiens qui nous jouaient du Molière pendant les matinées classiques.

Il y avait en face du boucher un camelot qui ne faisait rire personne. Il avait devant lui une petite table pliante avec, dessus, une toile cirée. Elle était couverte de briquets, de tubes de pierres à briquet et de mèches de toutes sortes. Tout était aligné, bien rangé. Il était triste, il avait un petit béret, il avait sous sa moustache un vieux mégot éteint, ce qui n'était pas une bonne réclame pour un marchand de briquets. Il ne devait pas être riche, il ne vendait pas souvent de briquets.

Chaque semaine, j'allais lui demander le prix d'un briquet, toujours le même. Un briquet à amadou avec une longue mèche jaune, dont je n'avais rien à faire et que de toute façon je n'avais pas l'intention d'acheter. Il m'indiquait le prix. Chaque fois, je m'indignais. Je lui disais que c'était trop cher, que c'était une honte, qu'on trouvait le même beaucoup moins cher ailleurs. Il m'écoutait avec un air étonné, mais il ne disait rien.

Chaque mercredi, je revenais. Il me connaissait maintenant. Quand j'arrivais devant sa table, il s'adressait à son voisin, il disait simplement : « Le revoilà », et il poussait un grand soupir. Je demandais à nouveau le prix du briquet à amadou, je le trouvais toujours trop cher, et je repartais jusqu'à la semaine suivante. Ça a duré deux mois, les deux mois de vacances.

Pourquoi je faisais ça ? Peut-être à cause du diable que j'avais dans le ventre.

J'aimais pousser les gens à bout, jusqu'à ce qu'ils explosent. Lui, il n'a jamais explosé, alors ça a duré plus longtemps. Et puis ça tombait bien, il était petit et il était vieux, le marchand de briquets.

Le gros boucher, avec son grand couteau, je n'ai jamais pensé à le taquiner sur le prix de son bifteck.

Je me souviens d'un hiver terrible. Le thermomètre était descendu à moins vingt degrés. Malgré le chauffage, on gelait en étude. On avait eu la permission de garder nos manteaux pour travailler, certains écrivaient avec des moufles. Le surveillant parcourait les allées au pas de charge en se frictionnant les doigts qui sortaient de ses mitaines. Ça toussait, ça éternuait partout.

Je me suis levé de mon pupitre en poussant un gros soupir. J'ai fait celui qui avait trop chaud. Je me suis éventé avec un livre, puis je me suis épongé le front. J'ai tordu ensuite mon mouchoir comme s'il était trempé de sueur. J'ai commencé alors à me déshabiller. J'ai retiré lentement mon pull, puis ma chemise.

Une fois en maillot de corps, je suis allé ouvrir toutes les fenêtres de l'étude. Il y en avait douze. Chaque fois que j'en ouvrais une, je m'arrêtais devant et j'aspirais goulûment l'air froid du dehors. Tout le monde me regardait faire. Sidéré, le surveillant n'intervenait pas, les élèves hurlaient de rire.

Comme d'habitude, ça s'est terminé mal. Une retenue et un rhume.

Un jour, tante Védastine est morte. C'était un peu triste mais pas trop, elle avait bien soixante-dix ans et surtout, comme c'était quelqu'un de très gentil et qu'elle n'avait certainement jamais fait de péché mortel, elle a dû aller au ciel tout droit.

Elle était allongée dans un petit lit, très étroit, dans la salle à manger. Elle était toute petite sous le drap. On aurait dit qu'elle avait rétréci, sauf ses pieds. Ils faisaient au bout du lit comme une petite montagne.

Les volets étaient fermés et on avait mis un tissu pour cacher la glace. Il n'y avait qu'une bougie qui éclairait, on n'aurait pas pu lire. De toute façon, c'était pas important pour tante Védastine, elle avait les yeux fermés aussi.

Elle n'avait pas la même tête que d'habitude, elle était très sérieuse, un peu jaune comme les mannequins du musée Grévin.

Maman nous a demandé si on voulait l'embrasser. On était d'accord. Elle était dure et froide comme un radiateur éteint.

On a fait une petite prière pour son âme, maintenant il n'y avait plus que son âme qui comptait.

Dans la pièce à côté, les hommes jouaient aux cartes en buvant de la goutte, et les femmes, autour de la cuisinière, buvaient du café en bavardant. Ce n'était pas triste.

Dans le coin de la cheminée, il y avait le fauteuil de tante Védastine. Il était vide. C'était là qu'elle passait ses journées, sans rien dire, à regarder les gens en souriant. Quelquefois, elle plumait un canard. Qui va plumer les canards maintenant ?

On a été jouer dans la cour. J'ai voulu

revoir le jardin, là où j'avais connu le paradis.

Les arbres étaient sans feuilles, tristes. Ce n'était plus le paradis.

Tante Védastine était partie avec.

Chaque année, à Saint-Jo, on faisait une retraite. Elle durait trois jours. On avait des conférences avec le directeur de la retraite. C'était quelqu'un qui venait de l'extérieur, un missionnaire ou un moine. Il nous parlait de Dieu toute la journée.

Pendant ces trois jours, on n'avait pas de cours. On pouvait aller à la chapelle, quand on voulait et sans demander la permission. On n'était plus tout à fait sur la terre, on avait la tête dans le ciel, on passait notre temps avec Dieu, Jésus et la Sainte Vierge.

Une fois, il y a un directeur de retraite qui nous a donné un tuyau pour ne jamais aller en enfer : il suffisait de réciter tous les soirs avant de s'endormir trois Je vous salue Marie et, quoi qu'on ait fait comme péché dans la journée, si on mourait la nuit, on allait au paradis. Attention, si on oubliait seulement une fois, ça ne marchait plus.

À partir de ce jour-là, j'ai récité tous les soirs mes trois Je vous salue Marie. Ça a duré une année, jusqu'au jour où j'ai oublié. Un matin, je me suis réveillé avec la gueule de bois. La veille, j'avais bu du genièvre, je m'étais endormi comme une masse et je n'avais pas récité mes trois Je vous salue Marie. J'étais recalé pour mon passage au ciel.

Je pouvais continuer à boire du genièvre tous les soirs. Pour oublier.

On a dû baisser le micro pour le mettre à ma taille. Le speaker m'a présenté au public : « Il s'appelle Jean-Louis, il a dix ans. Il va nous chanter *Ah ! le petit vin blanc !* »

J'ai dit que j'avais changé d'avis, je ne vais pas chanter *Ah ! le petit vin blanc*, à la place je vais chanter *Le matin tout resplendit tout chante*.

Il m'a demandé : « Le vin blanc t'a tourné la tête ? »

J'ai répondu timidement oui.

Tout le monde a ri. J'étais mort de trouille.

Je m'étais inscrit en douce pour le radio crochet de la kermesse de Saint-Nicolas-en-Cité. Je ne voulais pas que les gens de ma famille viennent m'écouter, j'aurais eu honte.

Je chantais souvent devant l'armoire à glace de la chambre des parents, j'imitais Luis Mariano. J'étais seul, personne ne m'écoutait, je pouvais me tromper. Ici, c'était pas pareil, j'avais un public, tout le monde me regardait. J'aime bien qu'on me regarde, en même temps j'avais peur. Moi je n'osais regarder personne, il y avait trop de monde.

J'ai chanté ma chanson très vite, sans m'arrêter et en fixant le ciel.

Le matin tout resplendit
Tout chante
La terre rit
Le ciel flamboie
Car chaque jour est un jour de fête...

J'ai été jusqu'au bout de ma chanson sans me tromper. Tout le monde a applaudi. J'étais fier. J'avais déjà entendu des applaudissements, mais pour d'autres. C'était la première fois que les applaudissements étaient pour moi, j'étais au paradis.

Pour me récompenser, le speaker m'a donné un billet de la Loterie nationale.

J'ai attendu avec impatience le tirage de la loterie. Le mercredi matin, j'ai regardé les résultats dans *La Voix du Nord*. Je n'ai pas trouvé le numéro de mon billet. J'ai relu plusieurs fois, j'avais perdu. La chanson qui dit « chaque jour est un jour de fête », elle dit des conneries.

J'avais gagné un billet perdant.

Aujourd'hui, c'est le coiffeur qui est venu à la maison pour raser papa. Habituellement, c'est papa qui se déplace. Aujourd'hui, il peut pas. Il est mort.

On s'est mis dans un coin du salon avec mon frère pour regarder le coiffeur au travaïl.

C'est la première fois qu'on voit raser un mort.

Il a mis du savon dans un bol, il l'a fait mousser en tournant, comme quand on bat des œufs en neige, puis avec un blaireau il a étalé la mousse sur le visage de papa.

Papa n'est plus jaune, il est tout blanc, comme un bonhomme de neige. Le coiffeur a ouvert son grand rasoir, il a commencé à le raser.

Yves-Marie dit que la barbe ça continue à pousser après la mort. Je pense que c'est pas vrai. Ou alors les morts qui sont morts depuis plus de cent ans, leur cercueil doit être rempli de barbe.

Le coiffeur qui a l'habitude de raser en parlant, aujourd'hui il rase en silence. Il n'a pas dit quelle belle journée.

Quand on est coiffeur de mort, on est plus tranquille. On n'est pas obligé de raconter des histoires au client ou d'écouter les siennes.

Quand on coupe un client vivant, il vous engueule. Un client mort, on n'a pas à s'excuser, il ne dit rien. Ça ne fait pas de taches rouges sur le peignoir blanc. Ça ne saigne pas, un mort.

Quand il a eu fini de raser papa, le coiffeur lui a envoyé dans la figure, avec son vaporisateur, une grande bouffée de parfum.

En partant, il a pas dit à la prochaine.

La Vierge bouge moins que les oiseaux. J'avais une fronde et je tirais sur les oiseaux. Mais les oiseaux ça bouge tout le temps. La Vierge, elle s'envole seulement une fois par an, le 15 août, le jour de l'Assomption.

J'ai visé, j'ai tiré, je l'ai pas loupée. La statue a éclaté en mille morceaux. J'ai ramassé les morceaux de Sainte Vierge et je les ai enterrés.

C'était dans le parc des sœurs missionnaires du Saint-Esprit, un grand parc plein d'oiseaux, où les sœurs trottinaient et les petits Fournier déconnaient.

La sœur Edmonde était la supérieure du couvent. C'était une petite religieuse à lunettes, souriante et pétillante. Quand elle s'est aperçue de la disparition de la Vierge, elle m'a fait venir.

« Sais-tu où est la Vierge, Jean-Louis ?

— Elle est au ciel, ma sœur.

— Je te parle de la statue. »

Comme je l'aimais bien j'ai avoué : « Je l'ai cassée avec ma fronde.

— Pourquoi tu as fait ça ?

— Parce qu'elle était moche.

— Si tu tires sur tout ce qui est moche, tu n'as pas fini. Tu sais ce que tu vas faire ? Tu vas en acheter une belle, avec ton argent, et tu la mettras à la place. »

Elle m'a dit ça avec un grand sourire. Elle m'a bien eu, sœur Edmonde. Elle était plus maligne que les curés de Saint-Jo. Les filles, c'est souvent plus malin que les garçons.

En attendant, je devais acheter une statue avec mes sous. Une belle statue, ça doit coûter cher. Plus cher qu'un disque ou une chemise.

J'ai trouvé dans le grenier une vieille statue en plâtre qui appartenait à bonne-maman. J'ai acheté un pot de peinture blanche et je l'ai repeinte. Je l'ai pas montrée à sœur Edmonde, j'ai été la mettre à la place de l'autre, sans rien dire.

Est-ce qu'elle était plus belle que l'autre, la nouvelle ? Elle était moins maquillée, elle était toute blanche, nature.

En sortant du parc, je suis passé devant la chapelle. J'ai regardé les vitraux.

Je les ai trouvés moches.

Quand j'étais petit, je faisais tout mal. La seule chose que je faisais bien, c'était chanter. J'étais soprano dans la chorale de Saint-Jo. Ma voix montait très haut, comme celles de Lily Pons ou d'Yma Sumac disait le professeur de chant. J'étais le soliste de la chorale et j'en étais très fier.

On a créé une messe qui avait été écrite par un compositeur de Paris. Il s'appelait Raoul Jobin, il est venu à Saint-Jo pour diriger sa messe.

Très haut perché sur la tribune de la cathédrale, devant les grandes orgues, j'ai connu un peu la joie du rossignol qui chante en haut d'un arbre. De là-haut, je voyais toutes les petites têtes des gens qui m'écoutaient. Je faisais résonner les voûtes de pierre, j'avais presque envie de m'envoler. Mais la tribune était bien à dix mètres, le sol était en marbre et je n'avais pas d'ailes.

Un jour, le petit rossignol que j'avais dans la gorge s'est tu. Un autre rossignol, que j'avais plus bas et qui remuait dans la poche de mon kangourou, s'est redressé et a demandé avec insistance voix au chapitre. Il allait falloir désormais compter avec lui. J'allais me raser, j'allais mettre enfin des pantalons longs et du Pento sur mon épi.

Je quittais les sopranos, j'allais devenir ténor comme Luis Mariano.

Il y avait des fleurs sauvages au bord de l'eau, beaucoup d'oiseaux et des poissons indiscrets et sombres qui venaient à la surface pour gober un moustique et en profitaient pour se rincer l'œil.

Il faisait lourd, je lui ai proposé de s'asseoir au bord de l'eau, elle s'est fait un peu prier, puis elle a accepté.

On entendait la rumeur de la ville au loin, on était seuls, on était ailleurs. J'étais très ému, je ne parlais pas.

Elle avait fermé les yeux, elle tenait sa jupe sur ses genoux serrés, elle devait attendre... Il fallait que je fasse quelque chose, sinon j'allais passer pour un idiot. Alors j'ai fait quelque chose. Quelque chose dont je ne me serais jamais cru capable. Lentement, sans faire de bruit, j'ai avancé ma main vers elle et je lui ai caressé la joue.

Ma main était tremblante, sa joue était brûlante. J'ai retiré ma main, rapidement comme si je m'étais brûlé. Après ce que je venais de faire, je n'osais plus parler, plus bouger. On est restés silencieux et immobiles au bord de l'eau, longtemps. Enfin elle a ouvert les yeux, et elle a fait semblant de se réveiller d'un long sommeil.

Je suis sûr qu'elle ne dormait pas. Elle voulait faire croire qu'elle n'avait pas senti ma main, qu'elle ne se souvenait de rien, qu'elle n'était pas complice, qu'elle n'avait pas fait de péché. C'était moi qui avais commencé.

Elle a voulu rentrer. Je l'ai raccompagnée, en silence.

La prochaine fois j'essaierai de l'embrasser sur la bouche, mais c'est pas dans la poche comme dirait le kangourou, elle va peut-être me gifler ou alors elle va appeler au secours.

J'aimerais mieux qu'elle me refasse le coup de la Belle au bois dormant.

Quand il y avait beaucoup de vent, je faisais des kilomètres sans pédaler. Je lâchais le guidon, j'ouvrais les bras en tenant les coins de ma cape, ça faisait comme une voile. J'avais l'impression d'être un cerf-volant. Je traversais à vol d'oiseau les champs de betteraves, les collines de l'Artois, j'étais bien dans le ciel.

Je déclamais du Racine aux betteraves : « Pour qui sont ces serpents qui sifflent sur nos têtes », du Molière aux épis de blé : « Moi votre ami, monsieur, j'ai fait jusques ici profession de l'être mais après ce qu'en vous je viens de voir paraître, je ne le suis plus, et ne veux nulle place en des cœurs corrompus. » Je m'entraînais.

Je serais un grand comédien. Ma vie

serait extraordinaire. Le vent me portait, j'allais loin. J'irais très loin.

Les betteraves acquiesçaient. Ivre de vent, je faisais à nouveau siffler les serpents. J'entendais les applaudissements, les *bis*... Sur ma petite tête pleine de picots, le ciel était immense. Poussés par le vent les nuages faisaient du cent à l'heure.

Le vent n'était pas seulement dehors, il était aussi à l'intérieur de ma tête.

Je pense au Jugement dernier, toujours avec beaucoup d'inquiétude. D'abord je n'aime pas qu'on me juge. Et je n'aime pas le mot « dernier ». Je suis souvent le dernier de la classe. Et puis, après le mot « dernier », il n'y a plus rien.

Et surtout je pense au monde qu'il va y avoir là-haut, ce jour-là.

Mon frère Yves-Marie, qui est fort en math, a calculé le nombre de gens qu'il y avait sous la terre. Je ne me souviens plus du chiffre, en tout cas il y en a bien plus en dessous qu'au-dessus. Quand tout ce monde va être réuni, ça va faire un grand embouteillage.

Le Jugement dernier, ça va durer longtemps. Heureusement, là-bas, le temps n'existe plus.

Au début, on va donner les noms de ceux qui vont au paradis. Fournier, c'est peut-être mon nom propre, mais c'est un nom très commun. Certainement il y en a avec le même prénom. Comment on va faire ?

On va me demander ma carte d'identité. Elle est dans mon portefeuille. Je n'ai plus de portefeuille, je n'ai plus de poche à mon pantalon, je n'ai plus de pantalon à mon costume, je n'ai plus de costume. Je n'ai plus de corps, je n'ai plus de parties honteuses, je n'ai plus rien à cacher, je ne suis plus obligé de mettre un maillot pour me baigner.

Je suis une âme. Une âme, c'est une petite bouffée de fumée. Et avec les milliards d'autres bouffées de fumée, on fait un gros nuage dans le ciel. Quelquefois, on se met devant le soleil, il fait noir et Dieu s'assombrit.

Si je n'entends pas mon nom dans la liste de ceux qui vont au paradis, je peux essayer de me mêler à un groupe qui monte au ciel. Je rentre au paradis avec eux en chantant le cantique *Je suis chrétien*, je le connais par cœur :

Je suis chrétien, voilà ma gloire, mon espérance et mon soutien,
Je suis chrétien, ma patrie, beau ciel, j'irai te voir un jour,
En Dieu je trouverai la vie, la paix, le bonheur et l'amour.

Certainement, à l'entrée, il y a un contrôle. Je peux toujours mentir, je peux donner un autre nom, mais si je suis pris je vais être chassé du ciel et tintin pour la paix, le bonheur et l'amour.

Ou alors je me sauve. Mais où ?

Il n'y a pas d'endroit pour se cacher ici, pas une petite maison, pas une colline, pas un arbre, pas un trou, c'est plat. À l'infini.

Je ne peux même plus me suicider, je suis déjà mort.

Ou alors je demande à voir Dieu, il paraît qu'il est infiniment bon.

Maintenant, ma mère est repartie. Elle avait quatre-vingt-deux ans. Elle ne rentrera plus.

Je n'ai jamais été prêtre.

Je me demande si Dieu n'est pas un peu rancunier.

Souvenir de ma communion solennelle